夏先生的故事

Patrick Süskind

Die Geschichte von Herrn Sommer

徐四金◎著
桑貝◎圖
姬健梅◎譯

〈導讀推薦〉

返回童年，經歷奇特的人生

冀劍制

如果一定要我從看過的書裡面挑出一本最喜歡的，我想我會選擇這本——《夏先生的故事》。

看到這句話，一定有人會覺得，那是因為我在幫這本書寫推薦序才這麼說的吧！事實上，這個推理的因果正好相反。

去年的某一天，我無意間和商周出版社編輯聊到我最推薦的幾本書時，正好提到這本《夏先生的故事》。這本書是唯一我在亞馬遜網路書店寫過讀者推薦的書、唯一創建臉書粉絲頁的書（可惜沒空去經營）、也是買過最多次的書，而且在我的書架上總會有好幾本新書擺著，隨時等著當禮物送人。

聽了我這麼說，她便偷偷跟我講一個商業機密，原本代理的出版社已經不再續約，書即將絕版（其實這些年來就已經常常缺貨了）。但商周已經獲得這本書的代理權，將在台灣重新出版，並且問我到時願不願意幫它寫推薦序。我當然是很樂意地答應了。

那麼，為什麼在我心中這本書這麼特別呢？它究竟好在哪裡？

這個問題很好，但很難回答。有點像是你經歷了一場陌生國度的旅程，心中有很多感觸，但卻說不出個所以然來。另外，我知道有些人會在閱讀前先看推薦序，要談它的好但又不要破壞作者為讀者鋪陳的體驗之路，這著實不太容易，只要一不小心，就會破哏了。我會盡量避開故事的重要情節，以免有損閱讀過程的精采，並且希望本文能協助讀者在閱讀中發現更多值得注意的面向。但如果你還是覺得太冒險，那就暫停一下，先去看故事吧！

首先，這個故事的主要角色有兩位，一位是一個小孩，另一位就是夏先生。作者是用第一人稱的「我」來寫，也就是從這位「小孩」的眼光來敘述整個故事。但特別的是，這個「我」並不是小孩，而是長大後回憶好幾十年前童年時代的大人。眼光與心境其實都不太一樣。

這個大人，記錄小時候的諸多回憶。而伴隨他成長的，是一個怪人（夏先生）和他所做的一件怪事。事實上，這個怪人所做的怪事一點都不怪，甚至可以說是一件最平凡的事情——走路，只不過他每天從早到晚都在做這件事，這就讓它變得奇怪了。

直到有一天，這個怪人決定不再做這件怪事時，只有小孩知道，而且也沒人知道小孩知道。當大人們開始議論紛紛時，小孩並沒有說出來，一直沒有說，他將它藏在心中，成為他的個人祕密。

沿著故事情節的發展，我們跟著小孩的生活點滴，重新回到兒時的心境，去經歷一場深刻且奇特的內心冒險。在這場經歷裡，我們將會和小孩一樣在心中出現兩個疑問，「夏先生為什麼要一直走路？」「夏先生為什麼不走了？」而這兩個問題，成了小孩心中的疑惑與祕密，跟隨他一起成長。四十年後，當他長大告訴你這個故事時，他是不是已經有了解答了呢？我的感覺是，「有」。那麼，解答是什麼？這卻必須回到你的心中去尋找。而且，當你找到了答案，你很可能會和「作者」一樣，「不想說。」因為，「人們都太老、太重，飛不動了。」

在這個故事裡，還有兩個人值得用心思考與體會。雖然他們的戲份都不高，但在故事中卻都很重要。第一位是小孩的爸爸。

小孩的爸爸如何看待夏先生，以及如何跟他產生那很簡單的唯一互動？這顯示出一種很典型的（飛不動的）大眾思維。大多數人會用一樣的觀點、一樣的方式，思考夏先生，以及說一樣的話，然後被夏先生的「反常」回應打亂了日常思路，但不久便會訴諸最簡單的解釋（這個人有毛病）而返回正常生活。

然而，很顯然的，這個屬於一般大眾的解答不屬於作者的，而且從小就不是。在他心中，他的爸爸、媽媽、哥哥、姊姊都已經太老、太重，飛不動了。所以他寧可一直保持沉默，不願洩漏天機。

另一位從來沒出場，只有被簡略談論到的，是夏太太。她自然也不屬於用一般看法看待夏先生的人，否則就不會跟他一起來到這個山中小鎮，一起生活。然而，在她心中，夏先生究竟是什麼樣的人呢？他們之間究竟保持什麼樣的互動關係？他如何看待夏先生所做的怪事？是支持、同情、還是反對？這些問題大多無法在書中找到答案，但是我們可以回到現實世界中，在人群的各種互動裡，尋找屬於自己的解答。

然而，無論你對這些問題是否感興趣，即使不去思考任何麻煩的哲學，它依舊是一個可愛、有趣、又深刻的故事。加上生動的彩色插圖，讓人每隔一段時間便想再拿出來，回到書中世界，重溫童年情趣。以免自己變得太老、太重、以致於無法飛翔。

（本文作者為華梵大學哲學系教授）

在我還爬樹的年紀——那是很久很久以前了，許多年前、幾十年前，那時我的身高只比一百公分多一點，穿二十八號鞋，而且體重輕得能飛翔——不，我沒騙你，那時候我真的能飛——或者說至少幾乎能飛，還是這麼說好了：如果我當時真的下定決心並且好好去嘗試，我的確有辦法飛起來，因為……因為我清楚記得有一次我差點就飛起來了，那是在我上學第一年的秋天，放學回家的路上颳起一陣強風，風大得讓我不必張開雙臂就能像跳台滑雪選手一樣，以向前傾斜的姿勢迎著風，再往前傾斜一點也不會摔跤……當我頂著風跑，沿著學校山丘上的草地往下跑（學校位在村莊外面的一座小山丘上），我只要稍微跳離地面並且張開雙臂，風就會將我高高抬起，我就能毫不費力地跳起兩、三公尺高、十到十二公尺遠——可能沒那麼遠也沒那麼高，又有什麼關係！總之我**差點兒**就飛起來了，只要我解開大衣鈕釦，兩手抓住大衣兩邊，像翅膀一樣張開，那陣風就會將我整個高高抬起，我就能輕輕鬆鬆地從學校山丘滑翔經過山谷低地飛向森林，再飛過森林滑翔到湖邊，我家就在那裡，而爸爸、媽媽、哥哥和姊姊全都會驚訝萬分，他們全都太老也太重，飛不動了，我會在花園上方的高空優雅迴旋，再翩然飄到湖上，幾乎抵達對岸，最後再從容不迫地乘風歸來，剛好來得及回家吃午飯。

但我沒有解開大衣鈕釦，也沒有真的高高往上飛。並不是因為我害怕飛翔，而是因為不知道該如何降落、在哪裡降落、究竟還會不會再度降落。若要降落，我們家前面的平台太硬，花園太小，湖水又太冷。飛起來不是問題，可是要怎麼樣才能降落？

爬樹也一樣：往上爬一點也不困難。你看見面前的枝椏，握在手裡感覺一下，能夠測試樹枝夠不夠堅固，再攀著樹枝把身體往上拉，然後把腳踩上去。可是往下爬的時候你什麼也看不見，只能近乎盲目地用腳探一探下方的枝椏，才能找到一個牢靠的踏腳處，而那個踏腳處往往又偏偏不怎麼牢靠，而是腐朽易裂或滑溜，你會往下滑或是掉下去，如果沒用兩隻手緊緊抓住一根枝椏，就會像塊石頭一樣掉到地上，依照所謂「自由落體定律」掉下去，這條定律是義大利科學家伽利略在將近四百年前就已經發現的，直到今天都還適用。

我摔得最慘的一次也發生在上學的第一年。從一棵銀樅上，高度四點五公尺，分毫不差地依照伽利略「自由落體第一定律」墜落，該定律說明墜落的距離等於重力加速度乘以時間的平方除以二（$s=1/2gxt^2$），因此可推算出墜落的準確時間是零點九五七八二六二秒。時間非常短，比你從二十一數到二十二需要的時間還短，甚至比你好好說出「二十一」這個數字需要的時間還要短！事情發生得那麼快，我既來不及張開雙臂，也來不及解開大衣鈕釦當成降落傘使用，就連個救命的念頭都沒想到，沒想到我其實根本不必摔下去，因為我能飛啊——在那零點九五七八二六二秒裡我根本什麼也沒法想，我還根本沒理解到自己摔下去了，就已經按照伽利略「自由落體第二定律」（$v=gxt$）以時速超過三十三公里的終端速度砰地摔落在森林地面，而且力道那麼強，我的後腦勺敲斷一根手臂粗的樹枝。導致這件

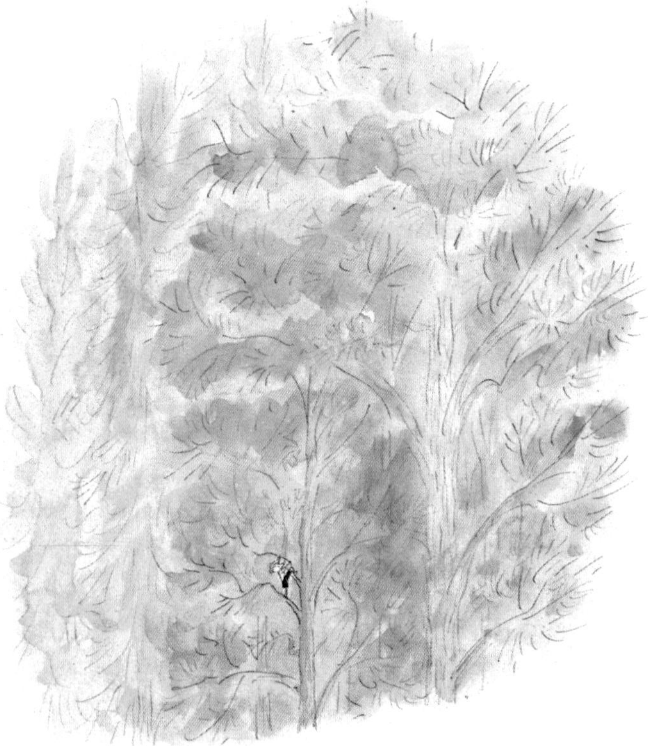

事發生的力量叫做重力，它不僅從核心緊緊凝聚著世界，也有一個討厭的特性，會以蠻力把所有東西拉向自己，不管那東西是大還是小，只有當我們還靜靜待在媽媽肚子裡或是潛水飄浮在水中時似乎才能擺脫它的控制。這一摔除了讓我領悟到這一點基本道理，還讓我頭上腫了一塊。那個腫塊在幾個星期後消失了，然而隨著時間一年年過去，每逢天氣變化，尤其是快要下雪前，我就會感覺到原本有腫塊的地方異樣地發癢，隱隱跳動。如今，在將近四十年後，我的後腦勺是個可靠的氣壓計，我能預報明天是否會下雨還是下雪，會出太陽還是會颳大風，比氣象台還準確。最近我有某種程度的迷糊和不專心，我認為這也是那次從銀樅樹上摔下來的後遺症。舉例來說，我越來越容易離題，很難把一個想法簡明扼要地表達出來，當我要敘述一個像這樣的故事，我必須要千萬小心別失去頭緒，否則我會越扯越遠，到最後不再記得自己究竟是從哪兒說起的。

嗯，在我還爬樹的年紀——而且我常常爬，也很會爬，並非老是只會摔下來！我甚至能爬那些底下沒有枝椏的樹，抱住光禿禿的樹幹把自己往上拉，我也能夠從一棵樹爬到另一棵樹上。我替自己建造了數不清的瞭望台，有一次甚至還蓋了一間道地的樹屋，有屋頂、窗戶和鋪了地毯的地板，就在森林中央，有十公尺高——啊，我想我童年大部分的時光都是在樹上度過的，我在樹上吃東西、看書、寫字、睡覺，在那兒學習英文單字、數學公式和物理定律，例如前面提過的伽利略自由落體定律，什麼事都在樹上做，我在樹上做作業，口頭作業和書面作業，尤其喜歡從樹上向下撒尿，以高高的弧線簌簌穿過層層樹葉和針葉。

樹上很安靜，而且沒人來煩你。母親擾人的叫喚、哥哥使喚你做這做那的命令，都不會傳到樹上來，這裡只有風聲和樹葉的沙沙聲，還有樹幹輕柔的嘎吱聲……還有景色，一覽無遺的視野：我不僅能望見我們家的房子和花園，也能望見別人家的房子和花園，望見那座湖和湖泊後面的陸地，直到山巒，當傍晚太陽下山，地面上的人認為太陽早已落下，我在樹梢甚至還能看見落在山後的太陽。幾乎像在飛翔。也許沒有飛翔那麼冒險、那麼優雅，卻仍是飛翔很好的替代品，再加上我漸漸長大，身高一百一十八公分，體重二十三公斤，要想飛起來已經太重了，即使颳起一陣道地的狂風，而我解開大衣鈕釦，把大衣大大敞開也沒用。但是爬樹——當時我這麼想——卻是我能做上一輩子的事。哪怕是到了一百二十歲，哪怕是老態龍鍾，我還是會像隻老猴子坐在樹上，在一棵榆樹、一棵山毛櫸、一棵冷杉的樹梢，隨風輕輕搖晃，望向大地，望向湖水，直到山巒背後……

可是我幹嘛說起飛翔和爬樹！囉哩囉唆地講起伽利略的自由落體定律和我後腦勺上那個困擾我的氣壓計！我想說的明明是另一件事，也就是夏先生的故事——如果我能說得出來的話，因為這其實根本不是個有頭有尾的故事，只是曾經有過這麼一個奇怪的人，他的人生道路（或者應該說是他的散步路線？）和我的人生道路曾有過幾次交會。不過，我最好還是再從頭說起吧。

在我還爬樹的年紀，在我們村裡……或許不該說是在我們下湖村裡，而是在鄰近的上湖村，但是你很難分得很清楚，因為上湖村和下湖村還有所有其他村莊之間沒有嚴格的劃分，而是沿著湖岸相連，看不出從哪裡開始，又在哪裡結束，是一條由花園、房舍、庭院和船屋串起來的細長鍊子……就在這一帶，距離我家不到兩公里的地方，住著一個名叫「夏先生」的人。沒有人知道夏先生叫什麼名字，是彼得還是保羅，是海利希還是法蘭茲薩佛，還是他也許是夏博士、夏老師，或是夏教授——大家只知道他叫做「夏先生」。也沒有人知道夏先生是否從事一份職業、到底有沒有工作、是否曾經有過工作。大家只知道夏太太是以製作手工娃娃為業。夏家的公寓位在油漆師傅史坦格邁爾家的地下室，她每天都坐在那兒用羊毛、布料和鋸木屑製作出小小的洋娃娃，每週一次把這些娃娃包成一大包帶去郵局。從郵局回家時，她會先後到雜貨店、麵包店、肉鋪和蔬菜鋪去，帶著四個塞得滿滿的購物袋回家，一週其餘的日子裡就不再出門，並且製作新的洋娃娃。大家不知道夏家夫婦是從哪兒來的。只是不知何時他們就來到了這裡——她搭公共汽車，他走路——從此以後他們就在那兒了。他們沒有孩子，沒有親戚，也從來沒有訪客。

雖然大家對夏家夫婦幾乎一無所知，對夏先生尤其一無所知，卻還是大有理由聲稱夏先生是當時全縣最知名的人物。整座湖區，方圓至少六十公里的地區內，沒有人不認識夏先生，不管是男人、女人或小孩，甚至沒有一條狗不認識他，因為夏先生總是在路上。從清晨到深夜，夏先生都在這一帶行走。一年當中沒有哪一天夏先生沒在走動。不管下雪或下冰雹，不管颳大風還是下大雨，也不管陽光炙熱還是颶風來襲——夏先生都在四處漫遊。他往往在太陽升起前就出門，這是清晨四點駕船到湖上去收漁網的漁夫說的，而且往往到深夜，當月亮已高高掛在空中才回來。這段時間裡他走過很長的路，長得令人難以置信。繞湖一周大約是四十公里，在一天之內走一圈對夏先生來說不算什麼。一天裡來回縣城兩、三趟，去程十公里，回程十公里——對夏先生來說也不成問題！當我們這些小孩在早上七點半睡眼惺忪、慢吞吞地走路上學，精神抖擻的夏先生朝我們迎面走來，他已

經在路上走了好幾個鐘頭了；當我們在中午又累又餓地走路回家，夏先生踩著堅定有力的步伐從我們身旁走過；同一天晚上如果我在睡覺前還望出窗外，有可能會看見夏先生高高瘦瘦的身影在下方的湖濱道路上匆匆走過。

他的模樣很好認，即使隔著遠遠的距離也不會認錯。冬天裡他穿著一件過寬大、出奇僵硬的黑色長大衣，每走一步，那件大衣就跳動一下，像個太大的殼裹在身上，另外他還穿著橡皮靴，禿頭上戴著一頂有絨球的紅色毛線帽。而在夏天（從三月初到十月底對夏先生來說都算夏天，所以是一年當中最長的季節），夏先生頭戴一頂繫著黑色帶子的扁平草帽，身穿焦糖色亞麻襯衫和焦糖色短褲，露出一雙瘦得可笑的長腿，那雙堅韌的腿幾乎只由肌腱和靜脈瘤構成，下半截沉入一雙笨重的登山靴裡。三月時，這雙腿白閃閃的，上面的靜脈瘤清楚地像一張藍墨水色的河流水系圖；可是幾個星期後，這雙腿就有了蜂蜜般的顏色，到了七月會發出焦糖般的褐色光澤，和他襯衫、短褲的顏色一樣；到了秋天，這雙腿在日曬風吹和雨打下糅成了深褐色，讓人分不出他腿上的靜脈瘤、肌腱和肌肉，夏先生的腿這時看起來就像一棵沒有樹皮的老赤松多瘤的枝椏；直到十一月，這雙腿終於消失在長褲和黑色長大衣底下，誰也看不見，到了隔年春天，這雙腿又回復成原本乳酪般的白色。

有兩件東西是夏先生不分冬夏都帶在身邊的，誰也沒見過少了這兩件東西的他：一件是手杖，另一件是背包。那根手杖不是一般散步用手杖，而是一根微呈波浪狀的胡桃木長手杖，比夏先生的肩膀還高，就像他的第三條腿，假如沒有這根木杖幫忙，他絕對無法達到驚人的速度，也無法走完這不可思議的路程，其長度遠遠超出一般散步

者的能力。每走三步，夏先生就用右手把手杖甩向前方，撐在地上，一邊走一邊使出全力把自己向前推，看起來他自己的一雙腿只不過是用來向前滑行，而真正的推力來自右手臂的力量，藉由手杖傳到了地上，就像有些船伕用長篙撐著扁平的小船在水上移動。而那個背包總是空的，或者說幾乎是空的，因為據大家所知，背包裡只有夏先生的奶油麵包和一件摺起來的橡膠防雨披肩，連著帽子，長度能蓋住臀部，如果半路忽然下起雨來，夏先生就會把披肩穿上。

可是他的漫遊都帶他去了哪裡？這無止盡的長途跋涉有什麼目的？夏先生每天在這一帶行色匆匆地走上十二、十四、十六個小時是為了什麼？沒有人知道。

戰後不久，當夏家夫婦在村子裡定居下來時，這種遠行並不會特別引人注目，因為那時候大家都背著背包四處奔波。那時沒有汽油也沒有汽車，公車一天只有一班，沒有煤炭可燒也沒有東西可吃，為了取得一些雞蛋、麵粉、馬鈴薯或一公斤煤球，或者只是需要信紙或刮鬍刀片，大家就常常得要徒步走上好幾個鐘頭，把得來不易的東西放進手推車或背包裡扛回家。可是幾年之後，大家又能在村子裡買到各種東西了，煤炭有人運來，公車每天五班。又過了幾年後，肉鋪老闆有了自己的汽車，然後是村長，然後是牙醫，油漆師傅史坦格邁爾騎重型摩托車，他兒子騎輕型摩托車，公車每天也還有三班，再也沒有人會想到要步行四小時到縣城裡去辦事或更新護照。除了夏先生以外。夏先生依舊步行。一大早他把背包在背上扣好，拿起手杖就匆匆出發，走過原野和草地，走過大街和小巷，穿過一片片森林，繞著湖畔而行，走進城裡再走回來，走過一村又一村……直到深夜。

奇怪的是他從沒辦過什麼事。他沒有送出什麼，也沒有買進什麼。他的背包始終是空的，除了那塊奶油麵包和那件遮雨披肩。他不去郵局，也不去縣政府，這些事他都交給他太太去辦。他也沒去拜訪別人，也不在任何地方停留。當他進城去，他不會停下來休息、吃點東西或至少喝杯水，甚至不會在一張長凳上坐下來休息幾分鐘，而是立刻轉身往回走，趕路回家或是去別的地方。如果有人問他「夏先生，您打哪兒來？」或是「您要去哪兒？」，他會不耐煩地搖頭，彷彿有隻蒼蠅停在他鼻子上，喃喃地嘟囔幾聲，別人如果不是根本聽不懂，就是只聽得懂零星片段，聽起來像是：「……正在趕時間現在要走上學校山丘……趕著繞湖一圈……今天還得馬上進城去非去不可……很趕很趕現在根本沒空……」別人還來不及問：「嗄？您說什麼？要去哪兒？」他已經用力揮著手杖飛奔而去了。

我只有一次聽見夏先生說了一句完整的話，說得清清楚楚、明

明白白，那句話我再也沒有忘記，直到如今都還會在我耳中響起。那是在七月底一個星期天下午，在一場可怕的暴風雨中。那天一開始時天氣很好，陽光燦爛，天空幾乎連一朵雲都沒有，中午也還熱得讓人巴不得一直喝冰涼的檸檬茶。爸爸帶我一起去看賽馬，星期天他常帶我去，因為他每個星期天都去看賽馬。我想順帶提一下他並不是去賭馬，純粹是出於興趣。雖然他一輩子沒騎過馬，卻熱愛馬兒，對馬也很內行。例如，從一八六九年以來德國賽馬會上所有優勝者的名字他能倒背如流，至於英國賽馬會和法國凱旋門大賽的優勝者，他也能背出自一九一〇年以來最重要的幾個。他知道哪匹馬喜歡深土場地，哪匹馬喜歡乾燥地面，為什麼老馬能跨越欄架，而年輕的馬從來跑不了一千六百公尺以上，騎師體重幾磅，還有馬主人的太太為什麼在帽子上繫一條紅綠金三色飾帶。他擁有的馬的相關書籍超過五百冊，在晚年時甚至擁有一匹自己的馬（或者應該說是半匹），為的是讓騎師在比賽時穿著他指定的顏色，他花了六千馬克，把我媽給嚇壞了——不過這是另一個故事了，下次再說。

言歸正傳，我們那天去看賽馬，當我們在傍晚時分開車回家，天氣仍舊很熱，甚至比中午更熱更悶，但是天空已蒙上薄薄一層雲霧。鉛灰色的雲矗立在西方，鑲著膿黃色的邊。十五分鐘後，我爸必須打開車頭燈，因為那些雲驟然逼近，像幅窗簾遮住了整個地平線，並且在整片大地投下陰影。幾陣強風隨即從山丘往下吹，橫掃過農田，彷彿用梳子梳過農田，矮樹和灌木也受了驚。幾乎同時下起雨來，不，雨還沒下，而是先落下幾顆大大的水滴，像釀酒用的葡萄那麼飽滿，這兒一滴那兒一滴地啪啪落在柏油路上，在汽車的冷卻器和擋風玻璃上碎裂。暴風雨旋即爆發。後來報紙上寫道，這是二十二年來本區最嚴重的一場暴風雨。我不知道這是不是事實，因為當時我才七歲，但我很確定這樣的暴風雨我這輩子沒有碰過第二次，而且更不會是在空曠公路上的一輛汽車裡。雨不再是一滴滴落下，而是一團團地從天而降，在極短的時間裡淹沒了馬路。汽車涉水而過，兩邊的水像噴泉一樣高高濺起，像兩堵水牆，雖然雨刷忙碌地來回擺動，透過擋風玻璃看出去就像從水裡看出去一樣。

情況還變得更糟。因為雨水漸漸變成了冰雹，在你還沒看見之前就聽見了，聽出潺潺水聲變成一種比較堅硬、比較清脆的劈啪聲，也能從此刻鑽進車裡的寒氣感覺出來。接著你就能看見那些小顆粒，起初像大頭針的頭那麼小，很快就長大到豌豆大小、彈珠大小，最後劈里啪啦落下一陣陣光滑的白球，落在引擎蓋上再高高彈起，千旋萬轉，一片混亂，令人頭暈目眩。連一公尺也不可能再前進了，爸爸把

車停在路邊——唉，說什麼路邊，根本就看不見路，更別說是路邊、農田、樹木還是其他東西，你看不出兩公尺遠，而且在這兩公尺內能看見的就只是幾百萬顆撞球大小的冰球，旋轉著從天而降，撞擊在車身上發出恐怖的聲響。車子裡只聽見啪啪巨響，讓我們無法再交談。我們彷彿坐在一個定音鼓的鼓肚裡，一個巨人正在鼓上急促敲打，我們只能面面相覷，打著哆嗦，沉默不語，但願保護我們的車殼不會被打壞。

兩分鐘後一切結束了。冰雹驟然止歇，風也停了，只剩下一陣濛濛細雨靜靜落下。先前被強風掃過的路旁農田慘遭蹂躪，後面的玉米田裡只剩下殘株。道路看起來宛如布滿碎玻璃，舉目所見淨是冰雹碎片、被打落的樹葉、樹枝和麥穗。而在道路盡頭，隔著濛濛細雨那層輕紗，我能看見一個人的身影在那兒自顧自地走著。我告訴爸爸，而我們倆都看著那個漸漸遠去的小小身影，覺得那宛如奇蹟，居然有人在戶外散步，在下過這場冰雹後，當周圍一切全被吹打得七零八落、一片狼籍，居然還有東西能昂然挺立。我們向前行駛，嘎吱嘎吱地駛過滿地碎裂的冰雹。當我們接近那個身影，我認出了那件短褲、那雙筋肉糾結、濕得發亮的長腿、那件黑色橡膠雨披，上面鬆垮地印出背包的形狀，認出了夏先生倉皇的步伐。

我們追上了他，爸爸叫我搖下車窗，外面的空氣冷得像冰，「夏先生！」爸爸向車外喊，「上車吧！我們載您一程！」而我爬到後座，讓出位子來給他。然而夏先生沒有回答，甚至沒有停下來，不曾用眼角餘光朝我們瞥上一眼。藉著胡桃木手杖的推力，他繼續以倉促的步伐走在滿是冰雹的路上。爸爸開車跟著他，透過開著的車窗向外喊：「夏先生！您就上車吧！天氣很差！我送您回家！」

可是夏先生沒有反應，繼續埋頭前行。但我覺得他彷彿動了一下嘴脣，吐出一句他那些讓人聽不懂的回答。可是我什麼也沒聽見，他的嘴脣也許只是因為寒冷而顫抖。爸爸一直緊跟在夏先生旁邊行駛，這時他把身體向右靠，打開了前座車門，向外面喊：「看在老天份上，您就上車吧！您全身都濕透了！您會送掉性命的！」

其實「您會送掉性命的」這種措辭非常不像我爸會說的話。我還從沒聽過他認真地對哪個人說過：「您會送掉性命的！」當他在哪裡聽見或讀到「您會送掉性命的」這句話，他會說：「這種措辭是陳腔濫調，而一句陳腔濫調——你們要永遠記住！——是已經被張三李四說過寫過太多次的慣用語，根本沒有意義了。」接著他會越說越起勁：「就和下面這些話一樣愚蠢，說了等於沒說，例如：『親愛的，喝杯茶吧，這對你有好處喔！』或是：『醫生，我們家病人的情況如何？您認為他能撐過去嗎？』這些話不是來自日常生活，而是出自一些爛小說和愚蠢的美國影片，所以——你們永遠記住了！——我絕對不想從你們嘴裡聽到這些話！」

我爸常常這樣針對「您會送掉性命的」這類話語發表意見。而此刻，在濛濛細雨中，在鋪滿冰雹顆粒的公路上，行駛在夏先生旁邊，爸爸卻偏偏從打開的車門向外喊出這樣一句陳腔濫調：「您會送掉性命的！」這時夏先生停下腳步。我認為他就是在聽到「送掉性命」這幾個字時僵直地停了下來，而且那麼突然，爸爸不得不緊急煞車，免得從他身邊開了過去。然後夏先生把胡桃木手杖從右手交到左手，轉過身來，帶著倔強而絕望的神情把手杖用力在地上杵了好幾下，用響亮而清晰的聲音喊出這句話：「讓我靜一靜，別再煩我！」他沒有再說什麼，就只有這一句話。接著他把替他打開的車門砰地關上，把手杖交回右手，邁開步子，沒有再往旁邊瞄一眼，也沒有再回頭。

爸爸說：「這個人徹底瘋了。」

當我們開車超越他，透過後車窗我能看見他的臉。他的視線垂向地面，每走幾步才抬起來，用睜得大大、彷彿受到驚嚇的眼睛凝視前方，以確定自己要走的路。雨水流下他的臉頰，從鼻子和下巴滴落。他的嘴巴微微張開，我又一次覺得他的嘴唇彷彿在動。也許他是一邊走路一邊喃喃自語吧。

「這個夏先生患了幽閉恐懼症。」當我們全都坐下來吃晚餐，談起那場暴風雨和遇見夏先生那件事，媽媽說：「這個人患有嚴重的幽閉恐懼症，這是一種疾病，患者無法平靜地坐在自己房間裡。」

「嚴格說來，幽閉恐懼症的意思是……」爸爸說——「就是無法待在自己房間裡，」媽媽說，「魯赫特漢醫生向我詳細說明過。」

「幽閉恐懼症的原文是Klaustrophobie，這個字源自拉丁文和希臘文，」爸爸說，「魯赫特漢醫生想必也知道。這個字由claustrum

和phobia兩個部分組成，claustrum的意思是『關閉的』或『鎖住的』——也出現在Klause（修道院小房間）這個字裡，或是在Klausen（克勞森）這個城市名稱裡，義大利文稱之為Chiusa（基屋薩），法文則稱為Vaucluse（沃克呂茲）——你們誰能告訴我，還有哪個字也含有claustrum這個概念嗎？」

「我！」姊姊說，「我聽麗塔．史坦格邁爾說過，夏先生總是在抽搐。麗塔說他的肌肉抽搐就像手腳動不停的小孩，連只是坐在椅子上都會抽搐。只有在他走動的時候才不會抽搐，所以他得要不停地走動，免得別人看見他抽搐的樣子。」

「在這一點上他就像一歲大的小馬，」爸爸說，「或是像兩歲大的馬，當牠們第一次參加比賽站上起跑線，牠們也會抽搐顫抖，由於緊張不安而全身發抖。這時候騎師就得忙著勒馬。當然，之後這種情形會自行改善，也可以替牠們戴上眼罩。你們誰能告訴我『勒馬』是什麼意思？」

「胡說八道！」媽媽說，「那個姓夏的在你們的車上大可以抽搐一下，那麼一點點抽搐又不會打擾到誰！」

「恐怕，」爸爸說，「夏先生之所以沒上我們的車，是因為我說了一句陳腔濫調。我說：『您會送掉性命的！』我實在不明白我怎麼會說出這種話。我相信，假如我選擇的措辭沒那麼老套，他就會上車，例如……」

「胡扯，」媽媽說，「他之所以沒有上車是因為他有幽閉恐懼症，因此不僅無法待在房間裡，也無法待在密閉的車上。去問問魯赫特漢醫生就知道了！只要他待在一個密閉空間裡，不管是汽車還是房間，他就會出狀況。」

「什麼是『狀況』？」我問。

「也許，」哥哥說，他比我大五歲，已經讀完了全部的格林童話，「也許夏先生的情況就跟〈六個人走遍天下〉那篇童話裡那個飛毛腿一樣，他能在一天裡繞地球一圈。當他回到家裡，他得用皮帶把他的一條腿高高吊起來，否則他沒法停下不動。」

「這當然也是一種可能，」爸爸說，「也許夏先生就是多了一條腿，所以才得要不停走動。我們應該去請魯赫特漢醫生把他的一條腿高高吊起來。」

「胡扯，」媽媽說，「他有幽閉恐懼症，沒有其他毛病，幽閉恐懼症是無藥可治的。」

當我躺在床上，這個奇特的字眼還在我腦中盤旋了很久：幽閉恐懼症。我唸出來好幾次，好讓自己不會忘記。「幽閉恐懼症……幽閉恐懼症……夏先生患有幽閉恐懼症……這表示他沒法待在他房間裡……不能待在房間裡表示他得一直在戶外走來走去……因為他有幽閉恐懼症，所以他得一直在戶外走來走去……可是如果『幽閉恐懼症』就等於『沒法待在房間裡』，而如果『沒法待在房間裡』就等於『得一直在戶外走來走去』，那麼『得一直在戶外走來走去』不就也等於是『幽閉恐懼症』……那麼我們也可以不要用『幽閉恐懼症』這麼難的字眼，乾脆說『必須在戶外走來走去』……可是這就表示當媽媽說：『夏先生得在戶外走來走去，因為他患有幽閉恐懼症』，她其實也可以說：『夏先生得在戶外走來走去，因為他得在戶外走來走去』……」

想到這裡我有點頭昏腦脹，我試圖再把這個古怪的新詞還有跟這個詞有關的一切拋在腦後。我改為想像夏先生根本沒什麼毛病，也不是非得怎樣不可，他之所以老在戶外走來走去是因為那給他帶來快樂，就像爬樹帶給我快樂一樣。夏先生為了他自己的樂趣和快樂而在戶外走來走去，事情就是這樣，沒別的理由，晚飯時大人替這件事想出來的那些令人迷惑的解釋和拉丁文字全是胡扯，就跟〈六個人走遍天下〉把腿高高吊起來的故事一樣！

可是又過了一會兒，我不禁想起夏先生的臉孔，我透過車窗看見的那張臉，想起那淌滿雨水的臉、半張開的嘴和那雙受到驚嚇而瞪得大大的眼睛，我心想：沒有誰會為了好玩而這樣凝視，沒有哪個樂在其中的人會有這種表情。一個害怕的人才會是這副模樣，或是一個口渴的人，站在雨中卻渴到能把整座湖喝乾。我又覺得頭昏腦脹，試圖用所有力量來忘記夏先生的臉孔，可是我越是努力想忘記這張臉，它就益發清晰地出現在我眼前：我能看見每一條皺紋、每一顆汗珠和每

Das Wort "Klaustrophobie" ist
lateinisch-griechischen Ursprungs...
bedeutet soviel wie "geschlossen"
oder "abgeschlossen"...
Klaustrophie ist eine Krankheit,
bei der man nicht mehr ruhig in
seinem Zimmer sitzen kann.

「幽閉恐懼症」這個字源自拉丁文和希臘文，意思是「關閉的」或「鎖住的」……幽閉恐懼症是一種病，患者無法平靜地坐在自己房間裡。

一顆雨滴，看見那雙嘴脣微微顫抖，彷彿在喃喃說什麼。那聲呢喃變得越來越清晰、越來越大聲，而我聽懂了夏先生的話，他央求地說：「讓我靜一靜，別再煩我！拜託讓我靜一靜吧……！」

直到這時候我才得以把思緒從他身上移開，他的聲音幫助了我。那張臉消失了，而我立刻睡著了。

我們班上有個女生名叫卡洛莉娜・屈克曼。她有一雙深色眼睛、深色眉毛和深棕色頭髮，右邊額上別著一根髮夾。後頸還有耳垂和脖子間那個小小凹處的皮膚上有薄薄一層汗毛，汗毛在陽光下會閃閃發亮，在風裡偶爾會輕輕顫動。當她笑起來，聲音沙啞得美妙，她會伸長脖子把頭向後仰，整張臉因為快樂而神采飛揚，眼睛幾乎瞇了起來。假如可以，我會一直盯著這張臉，而我也一有機會就盯著她的臉，不管是在課堂上還是在下課時間。但我是偷偷地看，不讓任何人看見，包括卡洛莉娜在內，因為我很害羞。

在夢裡我就沒那麼害羞了。在夢裡我牽著她的手，帶她走進森林，和她一起爬到樹上，和她並排坐在一根枝椏上，從很近的地方凝視她的臉，說故事給她聽。而她忍不住笑了，把頭向後仰，閉上眼睛，我就能對著她耳後和後頸輕輕吹氣，對著那個有汗毛的地方。類似這樣的夢我一星期要做好幾次。那是美夢——我無意抱怨——但就只是夢，而且跟所有的夢一樣無法真正令人心滿意足。我願意付出一切，只要在現實生活中能有一次，只要一次就好，讓卡洛莉娜在我身邊，而我能對著她的後頸還是其他地方吹氣……可惜這件事幾乎毫無指望，因為卡洛莉娜和大多數孩子一樣住在上湖村，唯獨我住在下湖村。我們回家的路在出了校門後不久就岔開了，這兩條路各自沿著學校山丘越過草地進入森林，離得越來越遠，在消失在樹林裡之前已經

相隔太遠，我無法再從那群孩子當中認出卡洛莉娜，只偶爾能聽見她的笑聲。在某種天候下，南風吹起時，這陣沙啞笑聲會從很遠的地方越過原野傳到我這兒來，一路伴我回家。可是在我們這一帶幾時吹過南風呢！

而有一天——那是個星期六——奇蹟發生了。下課時卡洛莉娜跑來找我，站在我面前，離我很近，說道：「喂！你每天都一個人走路回下湖村，對吧？」

「是啊！」我說。

「喂！下星期一，我跟你一起走……」

然後她還說了一堆話來解釋，說她媽媽有個朋友住在下湖村，說她媽會去這個朋友家接她，然後她會和她媽還是和那個朋友或是和她媽**還有**那個朋友……——我記不得了，我已經忘了，而且我認為我當時馬上忘了，當她還在說話的時候，因為我是那麼驚訝，由於那句話而受寵若驚：「下星期一，我跟你一起走！」所以我根本沒法再聽見別的話，也不想再聽見，除了這一句美妙的話：「下星期一，我跟你一起走！」

在那天剩餘的時間裡，其實是整個週末，這句話都在我耳內響著，聽起來如此美妙——啊，該怎麼說！——聽起來要比我在那之前讀過的格林童話還要美妙，比起〈青蛙王子〉裡公主的承諾還要美妙：「你可以吃我盤子裡的東西，也可以睡在我的小床上。」而我數著日子，比童話故事中的小矮人魯培史提茲更不耐煩：「今天烤，明天煎，後天接王后的小孩來！」我覺得自己集幸運的漢斯、快活老兄和金山國王於一身……「下星期一，我跟你一起走！」——

我開始準備。星期六和星期天我在森林裡轉來轉去，為了挑選一條合適的路線。因為我從一開始就決定了不要和卡洛莉娜走那條普通道路。我要她認識我最祕密的小徑，想帶她去看最隱密的風景名勝。我要讓通往上湖村的那條路在她記憶中漸漸褪色，由於她見識過我走回下湖村、我們一起走回下湖村這條路上的美景。

斟酌了許久之後，我決定了一條路線，在進入森林之後不久向右轉，穿過一條狹路通往一片冷杉保育區，從那兒經過一片苔蘚地到達一片闊葉林，再沿著陡坡往下通往湖邊。這條路線至少有六個我想指給卡洛莉娜看的風景名勝，還想要內行地加以解說，分別是

1. 電力公司的一座變電箱，幾乎就在路邊，聽得見裡面不停地嗡嗡作響，入口門上掛著一個黃色牌子，上面有一道紅色閃電和一句警告：「高壓危險！請勿靠近！」
2. 一叢覆盆子灌木，共有七棵，結著成熟的莓果。

3. 一個餵食鹿的飼料槽——這時節雖然沒有乾草，卻有一大塊給鹿舔食的鹽磚。

4. 一棵樹，據說戰後有個老納粹在這棵樹上上吊。

5. 一個將近一公尺高的蟻丘，直徑有一點五公尺。最後是這趟遠足的壓軸好戲：

6. 一棵很棒的老山毛櫸，我打算和卡洛莉娜一起爬上去，從十公尺高的堅固樹杈上享受無與倫比的湖上風光，讓我朝她彎下身，對著她後頸吹氣。

我從廚房餐櫥裡偷拿了一些餅乾，從冰櫃裡拿了一罐優格，從地下室拿了兩顆蘋果和一瓶醋栗汁。我把這些東西都裝進一個鞋盒，在星期天下午存放在那個樹杈上，這樣我們才有點心可吃。晚上我在床上想出能讓卡洛莉娜開心、逗她發笑的故事，一個在路上講，另一個在我們待在山毛櫸樹上時講。我又打開燈，從床頭櫃抽屜裡找出一把小小的螺絲起子，塞進書包裡，以便明天在道別時當成自己最寶貴的財產送給她。回到床上，我把那兩個故事重新想一遍，也把計畫中明天一天的流程再仔細想一遍，把途中從第一站到第六站逐一想了好幾遍，還有我贈送螺絲起子的時間和地點，也把鞋盒裡裝的東西再想一遍，鞋盒此刻已擺在森林裡那個樹杈上等候我們——從沒有一場約會如此準備周詳！——而我終於在她的甜蜜話語相伴下沉沉睡去：「下星期一，我跟你一起走……下星期一，我跟你一起走……」

星期一是個無可挑剔的好天氣。陽光和煦，天空澄藍如水，烏鶇在森林裡鳴唱，啄木鳥啄木的聲音在四周迴盪。直到此刻，在上學途中，我才想到我在準備時根本沒考慮到如果碰上壞天氣，我和卡洛莉娜在一起該怎麼辦。從第一站到第六站的路線碰上下雨或暴風會是一場災難——凌亂的覆盆子灌木叢，不堪入目的蟻丘，濕漉漉的苔蘚路走起來吱吱作響，山毛櫸滑溜溜的爬不上去，裝著點心的紙盒被吹落或是被泡軟了。我怡然沉浸於災難的想像中，它們帶給我的擔憂由於多餘而變得甜蜜，賜予我一種簡直是洋洋得意的幸福感：我非但一點也沒擔心天氣——天氣反而親自來關照**我**！今天我不僅可以與卡洛莉娜同行，還額外得到一年當中天氣最好的一天！我是個幸運兒，親愛上帝慈愛的眼睛親自關注我。我心想：現在可別在受到眷顧之下得意忘形！可別由於放縱或驕傲而犯下任何錯誤，就像童話故事的主角，他們老是犯下這種錯誤，結果毀掉自認為已經穩穩到手的幸福！

我加快了腳步。今天上學千萬不能遲到。課堂上，我表現出前所未有的循規蹈矩，免得老師有絲毫理由罰我在課後留校。我溫順聽話而且專心上課，規規矩矩而且奮發向上，是個萬裡挑一的模範學生。

我沒有朝卡洛莉娜看上一眼，我強迫自己不要去看她，暫時還不要，我禁止自己去看她，近乎迷信地認為，我會因為太早看她一眼在最後失去了她……

等到放學，結果發現女生還得要多留一小時，我不記得是為什麼了，是因為要上手工藝課還是另有原因。總之只有我們男生可以離開。我沒有把這個意外事件視為悲劇——正好相反，我覺得這是我必須要通過、也將會通過的額外考驗，而且讓我和卡洛莉娜共處的渴望多了一份特別的莊嚴：我們將會等待彼此整整一小時！

我在通往上湖村和下湖村的岔路口等候，距離學校大門不到二十公尺。那裡

有塊石頭聳立在地面上，是塊漂石，一塊大岩石的光滑表面，中央有個馬蹄形的明顯凹陷。有人說這個凹陷來自魔鬼的一腳，在很久很久以前，因為附近農民建造了一座教堂，讓魔鬼氣得朝地面跺腳。我坐在這塊岩石上，用手指把積在魔鬼踩出的淺坑裡的一窪雨水彈出去，藉此打發時間。陽光暖暖地照在我背上，天空仍舊是一片清澈的水藍，我坐著等候，彈著手指，什麼也沒想，通體舒暢得難以形容。

然後，那些女生終於來了。起初來了一整群，從我身旁跑過去，然後是走在最後面的她。我站起來。她朝我跑過來，一頭深色頭髮隨之搖擺，額前那綹頭髮上的髮夾上下舞動，她穿著一件檸檬黃的衣裳，我向她伸出手，她在我面前停下來，就跟上回下課時一樣靠近，我想抓住她的手，想把她拉向我，巴不得立刻擁抱她，在她臉上親一下，她說：「喂！你在等我嗎？」

我說：「是啊！」

「喂！我今天還是不跟你一起走了。我媽那個朋友生病了，所以我媽不會去她家，我媽還說……」

接下來是一長串亂七八糟的解釋，我根本沒再聽清楚，更別說記住了，因為說也奇怪，我的腦袋頓時麻木，雙腿站立不穩，唯一還記得的是她說完之後忽然轉身，一身檸檬黃地朝著上湖村的方向跑去，跑得很快，以便追上其他的女生。

我走下學校山丘回家，想必走得很慢很慢，因為當我走到森林邊緣，不由自主地朝著遠方通往上湖村的那條路看過去，已經一個人影也看不見了。我停下來，轉身朝學校山丘起伏的稜線回望一眼，我就是從那裡走過來的。陽光飽滿地照在草地上，一株株青草上連一絲風的影子都沒有。風景彷彿凝固了。

然後我看見一個小點在移動。小小一點，在最左邊靠近森林邊緣的地方不斷向右移動，沿著森林邊緣爬上學校山丘，在山上緊貼著山脊線，橫向往南走。藍天背景下清楚映現出走在山上的是一個人，雖然小得像螞蟻，而我認出了夏先生那三條腿。那些腿以小小的步伐逐秒快速前進，像鐘錶運作一樣規律，而遠方那個小點正橫越過地平線，既慢且快地挪動，像時鐘的時針。

一年後我學會了騎腳踏車。那時候學並不算早，因為我已經有一百三十五公分高，三十二公斤重，穿三十二號半的鞋子。但是我對騎腳踏車從來不特別感興趣。就只靠著兩個細瘦的輪子搖搖晃晃地前進，讓我覺得非常不牢靠，甚至很可怕，因為沒有人能向我解釋為什麼一部腳踏車如果沒有支撐、倚靠，或是被人扶著的話，在停止不動的時候馬上會倒；但若是有個三十二公斤重的人坐在上面，沒有支撐也沒有倚靠地騎來騎去，車子卻**不會**倒。當時我還完全不懂得這種奇妙現象背後的自然法則，亦即「離心力法則」，尤其是所謂的「角動量守恆定律」，即使到了今天也還不完全理解，光是「角動量守恆定律」這個詞就讓我覺得高深莫測，而且令我困惑到後腦勺上那個先前提過的部位開始發癢、跳動。

如果不是絕對必要的話，也許我根本就不會學騎腳踏車。但那卻變得絕對必要，因為我該去上鋼琴課了。要學鋼琴，我只能去跟一位女老師學，她住在上湖村的另一頭，走路過去得要花一個多小時，騎腳踏車的話——我哥替我計算過——就

只要十三分鐘半。

我媽能彈鋼琴就是跟這位老師學的，還有我姊和我哥，事實上整個鄉裡凡是懂得按下琴鍵的人都是跟她學的——從教堂的管風琴到麗塔・史坦格邁爾的手風琴——這位鋼琴教師名叫瑪莉露薏絲・馮克，而且是瑪莉露薏絲・馮克小姐。她非常重視「小姐」這個稱呼，雖然我這輩子沒見過比瑪莉露薏絲・馮克更不像小姐的女性。她很老很老了，一頭白髮，彎腰駝背，滿臉皺紋，上唇上面有一小撇黑鬍髭，而且根本沒有胸部。我之所以知道是因為我有一次看見她穿內衣，那次我去上課時不小心早到了一小時，而她還在午睡。當她站在她那棟又大又老的別墅門口，身上只穿著裙子和內衣，但不是女士會穿的那種柔軟寬鬆的絲質內衣，而是一件貼身、無袖的棉質汗衫，像我們男生上體操課時穿的那一種，她皺巴巴的手臂和乾巴巴的細瘦脖子從體操上衣裡伸出來——底下就像雞胸一樣又瘦又癟。儘管如此，如同前面說過的，她還是堅持別人稱呼她「馮克小姐」，要不然（她常常這樣解釋，雖然沒人問她）男人會以為她已經結婚了，而她明明是個還可以嫁人的單身女孩。這個解釋當然根本是胡扯，因為在全世界也找不到一個男人會娶這個有鬍髭卻沒有胸部的老女人瑪莉露薏絲．馮克。

事實上，馮克小姐之所以自稱為「馮克小姐」，是因為她根本不能自稱為「馮克夫人」，就算她想這樣也不行，因為已經有一位馮克夫人了……也許我應該要換個說法比較恰當：當時還有一位馮克夫人，因為馮克小姐有個母親。我先前說過馮克小姐很老，所以我根本不知道該如何形容馮克夫人才好：老得像石頭、一把老骨頭、老得像樹木、老得不得了……我認為她至少有一百歲了。馮克夫人是那麼老，其實得說她根本只在一種非常有限的意義上還活著，更像是一件家具、一隻陳舊的蝴蝶標本，或是一個薄而易碎的舊花瓶，不像有血有肉的人。她動也不動，也不說話，我不知道她能看見多少或聽見多少，我只見過她坐著。她坐在一張高背沙發上——夏天被一件白紗衣裳包住，冬天裹著一身黑絲絨，她小小的頭像烏龜一樣從衣服裡伸出來——在放鋼琴房間最深的角落，在一座掛鐘下面，一聲不吭，動也不動，不被注意。只有在很少很少的情況下，當學生把作業練得特別好，把《徹爾尼練習曲》彈奏得毫無錯誤，馮克小姐會在鋼琴課結束時走到房間中央，從那裡對著那張單人高背沙發大喊：「媽！」（她這樣稱呼她母親）「媽！來，給這小子一塊餅乾，他彈得這麼好！」然後你得走到房間那頭角落，緊挨著那張單人高背沙發前面站好，把手伸向那具老木乃伊。馮克小姐會再吼道：「媽，給這小子一塊餅乾！」一然後，從那團輕紗或是那件黑絲絨長袍某處會伸出一隻泛青、

M-L FUNKEL
KLAVIERSTUNDEN

顫抖、玻璃般脆弱的老人的手，動作慢得難以形容，越過椅子扶手向右邊朝著一張擺著一碟糕餅的小茶几移動，眼睛或那烏龜般的頭卻沒跟著動，她從碟子裡拿起一片餅乾，通常是一塊有白色奶油夾心的正方形威化餅乾，手再帶著這塊餅乾緩緩移回來，越過茶几，越過沙發扶手，越過她膝上，伸向小孩那隻張開來的手，用骨瘦如柴的手指把餅乾放在小孩手心，彷彿那是塊黃金。有時小孩的手和老人的指尖會在此時相碰，而你會嚇一大跳，因為你原以為會碰到一個又冷又硬的東西，結果那觸摸卻是溫暖、發燙而出奇柔軟，輕柔、短暫卻仍舊令人戰慄，彷彿摸到一隻從你手心飛走的小鳥。你結結巴巴地說：「謝謝，馮克夫人。」然後拔腿就走，走出那個房間，走出那棟陰森的屋子，走出戶外，走進風中，走進陽光裡。

我不記得我花了多久時間才學會騎腳踏車這門詭異技術。我只記得我是無師自通，摻雜了不情願和不服輸的心情，用我媽的腳踏車在森林裡一條微微下坡的狹路上學騎車，在沒有人能看見我的地方。這條路兩旁的斜坡很靠近，也很陡，我隨時可以撐住自己並且相當和緩地摔倒，跌進樹葉或鬆軟的泥土中。不知何時，在失敗了一次又一次之後，出人意料地我忽然抓到了訣竅。儘管我理論上懷有疑慮，儘管我深深感到懷疑，但我能在兩個輪子上自由移動了：這感覺令人驚愕又自豪！在全家人面前，我在家門前平台和毗鄰的草坪上完成了一趟試騎，博得了爸媽的喝采和兄姊的尖聲大笑。接著我哥指導我最重要的交通規則，首先是永遠要靠右行駛，而右邊就是車把上手煞車所在位置[1]，從那時起，我就每週一次孤伶伶地騎車去馮克小姐家上鋼琴課，星期三下午從三點到四點。當然，要像我哥估算的在十三分鐘半裡騎完那段路對我來說根本不可能。我哥比我大五歲，擁有一部三段變速的低把跑車。我騎的卻是我媽那輛對我來說太高的腳踏車，我得站著騎。即使把坐墊降到最低，我還是沒法在坐著的時候踩踏板，只能選擇踩踏板或是坐著，迫使我以一種極無效率、令人精疲力竭的方式騎車，而且我也知道那看起來十分可笑：我必須站著去蹬，使車子動起來，全速騎行時用力把自己抬高坐上坐墊，保持搖搖晃晃的坐姿，兩條腿向外叉開或抬高，直到輪子快要停止轉動，才再把腳放上仍在旋轉的踏板，讓車子再次得到動力。以這種斷斷續續的方式，從我家沿著湖畔穿過上湖村直到馮克小姐家別墅的這段路，我能在二十分鐘內騎完，如果——如果途中沒出什麼狀況的話！突發事件可多

1 直到如今我都還遵照這個容易記住的定義，當我一時迷糊分不清左右，我就乾脆想像一個腳踏車把手，在心裡按下手煞車，就又能弄清楚方向了。那種兩邊都有手煞車或是只有左邊有手煞車（這種情況更糟！）的腳踏車，我絕對不騎。

了。因為情況是這樣的，我雖然能夠騎車、控制方向、煞車、上下車，卻沒辦法超車、讓別人超我的車，或是和某人正面相遇。只要一聽見汽車的引擎聲從前面或後面接近，我就立刻煞車，下車等待，直到那輛車通過。一旦有其他腳踏車騎士出現在我面前，我就停下來等他們騎過去。如果要超越行人，我會在接近他身後時下車，推著腳踏車從他身邊跑過去，直到我把他遠遠撇在後面才繼續騎。我需要前後都有一截完全淨空的路段才能騎車，而且盡可能不要讓任何人看見。最後，在下湖村到上湖村途中還有哈特勞伯博士夫人養的那條狗，一頭惹人厭的小獵犬，牠常在路上閒晃，一看見有輪子的東西就衝過去狂吠。要躲開牠的攻擊只有一個辦法，就是把腳踏車騎到路邊，有技巧地讓車子停在花園籬笆旁，緊緊抱住籬笆的木條，把兩條腿高高抬起，蜷縮在坐墊上，直到哈特勞伯博士夫人吹口哨把這頭猛獸叫回去。因為有這些情況，

難怪二十分鐘也往往不夠讓我騎到上湖村另一頭。為了保險起見，我習慣在兩點半就從家裡出發，以便多少能準時抵達馮克小姐家。

當我先前說到馮克小姐偶爾會指示她母親把餅乾分給學生，我曾審慎地補充說明，這只會在很少、很少的情況下發生。這種事一點也不常見，因為馮克小姐是位嚴格的老師，要令她滿意很難。如果你把作業練得很馬虎，或是在看譜時彈錯了一個音又一個音，她就會凶巴巴地開始搖頭，整張臉脹得通紅，用手肘撞你腰間，氣呼呼地用手指頭在空中擰出聲響，然後忽然吼出聲來，吐出難聽的辱罵。這樣的場景我經歷過最嚴重的一次發生在開始上鋼琴課大約一年之後，那一幕使我深受震撼，如今回想起來都免不了激動。

那一次我遲到了，遲了十分鐘。哈特勞伯博士夫人的狗把我困在花園籬笆旁，路上碰到兩輛汽車，還得要超越四個行人。當我抵達馮克小姐家，她已經滿臉通紅，搖著頭在房間裡走來走去，一邊用手指在半空中擰出聲響。

她咬牙切齒地說：「你知道現在幾點了嗎？」我沒說話，我沒有錶。我要到十三歲生日時才得到第一支手錶。

「看那裡！」她喊道，朝著房間一角擰了一下手指，那座掛鐘在僵坐不動的馮克媽媽上方滴滴答答地走著。「都快要三點十五分了！你又去哪裡鬼混？」

我開始結結巴巴地說起哈特勞伯博士夫人的狗，但是她根本不讓我把話說完。「狗！」她打斷了我，「是啊是啊，去跟狗玩了！大概也吃了冰淇淋！我太清楚你們了！老是在希爾特太太的小店旁邊晃來晃去，一心就只想舔冰淇淋！」

這樣說實在太過分了！居然指責我在希爾特太太的小店買了冰淇

淋！我那時候根本連零用錢都沒有！我哥和他朋友才會做這種事。他們把所有的零用錢都花在希爾特太太的小店。可是我才不會！我每次要吃冰淇淋都得向媽媽或姊姊苦苦央求！這會兒卻被怪罪，說我舔著冰淇淋在希爾特太太的小店旁邊閒晃，不是滿頭大汗、千辛萬苦地騎車來上鋼琴課！面對如此卑鄙的指控我說不出話，於是我哭了起來。

「別哭了！」馮克小姐吼道，「把你的東西拿出來，讓我看看你學了什麼！你大概又沒有練習了吧。」

可惜她這句話說得就不是全無道理了。上個星期我的確幾乎沒有練琴，一方面是因為我另有重要的事情要做，另一方面則是因為交代我練的那幾首練習曲難得要命，要以卡農曲的速度彈奏類似賦格曲的東西，左手和右手離得很遠，一隻手忽地停在這兒，另一隻手又忽地停在那兒，節奏彆扭，音程古怪，再加上還難聽得要命。如果我沒記錯的話，那個作曲家名叫海斯勒——他真該見鬼去！

儘管如此，我認為自己本來還可以勉勉強強馬馬虎虎地把這兩首曲子彈完，要怪得怪騎車來此途中碰到許多波折（主要是哈特勞伯博士夫人那隻狗的攻擊）和隨後馮克小姐的大發雷霆使我的神經徹底受損。結果我發抖流汗、淚眼模糊地坐在鋼琴前面，眼前是八十八個琴鍵和海斯勒先生的練習曲，身後則是馮克小姐氣呼呼地對著我後頸呼吸……——我彈得一團糟，把一切都弄亂了，低音譜號和高音譜號、半音符和全音符、四分休止符和八分休止符、左邊和右邊……我連第一行都還沒有彈完，琴鍵和音符就在眼淚的萬花筒中碎裂，我放下雙手，只是靜靜流淚。

「我就知道！」後面傳來咬牙切齒的聲音，一團細細的霧狀口水噴灑在我後頸上。「我就知道。遲到、吃冰淇淋、找藉口，這些事各位少爺會做！可是要把作業練好，這件事他們就做不來！等等，小子！讓我來教你！」說完她從我背後衝出來，在鋼琴凳上和我並排而坐，用兩隻手握住我的右手，抓著我右手的一根根手指，一個接一個地用力按在琴鍵上，按照海斯勒先生所譜的曲：「這隻彈這兒！這隻彈那兒！這隻彈這兒！大拇指彈這兒！第三隻手指彈這兒！還有那隻彈那兒！這隻彈這兒……！」

等她折騰完右手，就輪到左手，按照同樣的方法：「這隻彈這兒！這隻彈那兒！然後這隻彈這兒……！」

她如此氣憤地壓著我的手指頭，彷彿想一個音符一個音符地把那首練習曲捏進我手中。那弄得我很痛，持續了大約半小時。然後她總算放開我，把樂譜啪地闔上，氣呼呼地說：「下一次你就要會彈了，小子，不僅是看譜彈，而且要背熟，還要彈快板，否則有你好受的！」

接著她翻開一本厚厚的四手聯彈樂譜，砰一聲扔在譜架上。「現在我們要再彈十分鐘迪亞貝利，這樣你才會終於學會讀譜。你敢彈錯一個音試試看！」

我順從地點頭，用袖子擦掉臉上的淚水。迪亞貝利這個作曲家比較友善，不像恐怖的海斯勒淨寫些賦格曲來折磨人。迪亞貝利很容易彈，容易到幼稚的地步，卻還是很動聽。我喜歡迪亞貝利，雖然我姊有時會說：「根本不會彈鋼琴的人都能彈迪亞貝利。」

於是我們用四隻手彈著迪亞貝利，馮克小姐在左邊彈奏低音，我用兩隻手在右邊齊聲彈奏高音。有一會兒進行得相當順利，我漸漸覺得越來越有把握，感謝親愛的上帝創造出安東·迪亞貝利這位作曲家，結果我在如釋重負之中忘了這首小奏鳴曲是G大調，在開頭的地方就標出一個升記號；這表示你不能一直輕鬆地在白鍵上移動，得在特定地方彈一個黑鍵，也就是那個升F，就在G的正下方，樂譜上不會再提醒你。結果當我彈奏的部分第一次出現了這個升F，我沒有看出來，一下就按錯了而彈出F，發出了一個刺耳的不和諧聲音，這一點凡是喜好音樂的人都會立刻明白。

「老是這樣！」馮克小姐生氣地說，停止了彈奏，「老是這樣！碰上一點小困難，少爺馬上敲錯鍵！你頭上沒長眼睛嗎？升F！又大又清楚地寫在那裡！給我記住了！再重來一次！一、二、三、四……」

我怎麼會在彈第二次的時候又犯下同樣錯誤，這件事我至今都難以解釋。可能是因為我太過在意**不要**犯下這個錯誤，以致於我懷疑每個音符背後都有一個升F，巴不得從一開始就只彈升F，簡直必須強迫自己不要去彈升F，還沒有要彈升F，還沒有……直到……——是的，直到我就在先前提過的那個地方又一次把升F彈成了F。

她頓時脹紅了臉，尖聲喊道：「居然會有這種事！我說了升F，可惡！升F！你這個笨蛋不知道什麼是升F嗎？在這裡！」——砰砰——她用食指敲在G下面那個黑鍵上，指尖由於教了幾十年鋼琴已經扁得像一毛錢硬幣——「**這**就是升F！……」——砰砰——「**這**就是……——」說到這裡她忍不住要打噴嚏。她打了噴嚏，用剛才提過的那根食指迅速在那撇鬍髭上一抹，接著又在那個琴鍵上敲了兩、三次，尖聲叫道：「**這**就是升F，**這**就是升F……！」然後她從袖口抽出手帕，擤了擤鼻子。

我看著那個升F而且臉色發白。那個琴鍵前端黏著一塊大約有指甲般長、鉛筆般粗、蠕蟲一樣彎曲、黃綠色閃閃發亮、黏稠的新鮮鼻涕，顯然來自馮克小姐的鼻子，在她打噴嚏時落在那撇鬍髭上，由於伸手去抹而從鬍髭落在食指上，再從食指落在那個升F琴鍵上。

「再從頭彈一次！」她在我旁邊惡狠狠地說。「一、二、三、四……」——我們開始彈奏。

接下來那三十秒是我一生中最恐怖的時光。我感覺血液從我臉頰上褪去，後頸冒出冷汗，腦袋毛髮直豎，耳朵時冷時熱，最後竟聾了，彷彿耳朵堵塞了，一點也聽不見迪亞貝利的美妙旋律。我機械式地彈奏，沒有看譜，在重複過兩次後手指就自動彈奏——我只睜大了眼睛呆望著G下面那個細長的黑鍵，瑪莉露薏絲．馮克的鼻涕黏在上面……還剩七拍，還剩六拍……要按下那個琴鍵不可能不碰到那團黏液……還剩五拍，還剩四拍……可是如果不去碰，第三次把升F彈成了F，那麼……還剩三拍——噢，親愛的上帝，降下奇蹟吧！說點什麼！做點什麼！撕裂地球！搗毀這架鋼琴！讓時間倒流，好讓我不必彈這個升F！……還剩兩拍，還剩一拍……親愛的上帝沉默不語，什麼也沒做，那可怕的最後一拍來了，那一拍——我還清楚記得——由六個從D往下彈到升F的八分音符構成，再以一個四分音符收束在位於升F上方的G上……宛如身處陰間，我的手指踉踉蹌蹌地彈出這幾個一路下降的八分音符音階，D—C—B—A—G……——「現在彈升F！」她在我旁邊喊道……而我，清清楚楚知道自己在做什麼，視死如歸地彈出了F。——

我勉強還來得及把手指從琴鍵上抽回來，琴蓋就已經砰地一聲闔上，同時馮克小姐在我旁邊跳起來，像個從盒子裡蹦出的玩偶。

「你是故意的！」她大聲咆哮，嗓音都變了，聲音大得刺耳，儘管我耳聾了都仍在我耳中震動。「你完全是故意的，可惡的搗蛋鬼！你這個鼻涕蟲！拗小子！你這個不要臉的臭小鬼，你……」

她踩著重重的步伐狂亂地繞著房間中央的餐桌轉圈，每說兩個字就用拳頭砰地敲在桌面上。

「但是我不會被你牽著鼻子走，你聽見了嗎！別以為我好欺負！我要打電話給你媽，我要打電話給你爸，要他們好好揍你一頓，讓你一個禮拜都沒法坐下！還要讓你禁足三個禮拜，每天彈三小時G大調音階，還有D大調和A大調，有升F、升C和升G，練到你作夢都會彈！你該見識到我的厲害，小鬼頭！你該……我恨不得現在親自動手……親手把你……」

這時她氣得說不出話來，兩隻手臂在空中揮來揮去，一張臉脹成了深紅色，彷彿在下一瞬間就要炸開，最後她抓起面前水果盤裡的一顆蘋果，舉起來用力朝牆壁扔過去，力道之大，使得蘋果在牆上啪地碎裂，留下一塊褐色污漬，就在那座掛鐘左邊，比她老母親烏龜般的腦袋稍微高一點。

恐怖的是，彷彿有人按下了一個按鈕似地，那堆薄紗裡有了動靜，那隻老人手從袍子的皺褶裡伸出來，機械般地向右邊移動，伸向那些餅乾……

但是馮克小姐根本沒注意到，只有我看見了。她把門用力扯開，伸直了手臂向外指，嘶啞地說：「收拾了你的東西然後滾蛋！」等我踉踉蹌蹌地走出去，她把門在我身後砰地關上。

我全身發抖，膝蓋哆嗦得很厲害，幾乎沒法走路，更別說是騎車了。我用顫抖的雙手把樂譜夾緊在車尾架上，推著腳踏車走。在我推車時，無比黑暗的念頭在我心中翻騰。讓我心情激動、讓我氣得打哆嗦的並不是馮克小姐的大發雷霆，不是體罰或禁足的恐嚇，也不是害怕某件事物，而是忿忿地體悟到這整個世界的卑鄙，這個世界只是不公平、惡毒且下流。這份卑鄙下流都要怪其他人，而且是所有人，每一個人，無一例外。從我媽開始，她沒替我買一輛合適的腳踏車；我爸總是聽我媽的話；我哥和我姊幸災樂禍地笑我得站著騎車；哈特勞伯博士夫人那條討厭的狗老是來騷擾我；那些散步的人堵塞了湖濱道路，使我勢必會遲到；作曲家海斯勒用他的賦格曲煩我、折磨我；馮克小姐和她的不實指控，還有升F音上她那噁心的鼻涕……一直到親愛的上帝，沒錯，也包括那個所謂的親愛的上帝，當你**就這麼一次**需要祂、懇求祂幫忙時，祂只會怯懦地沉默不語，任由不公平的命運發展下去。我哪裡需要這一群密謀對付我的壞蛋？這個世界還與我何干？我不想待在這個下流的世界裡，就讓其他人自食惡果吧。隨便他們想把鼻涕抹在哪裡！別把我算上！我不玩了。我要跟這個世界說再見，我要自殺，而且是馬上。

當我醞釀出這個念頭，心裡頓時十分輕鬆。想像我只需要「離開人世」——別人對這件事較為委婉的說法——就能一舉擺脫所有可憎事物和不公不義，這份想像極其令人安慰、讓人解脫。眼淚乾了，顫抖也停了，世間又有了希望。只是此事刻不容緩，得馬上執行，趁我尚未改變主意。

我縱身踩上踏板騎了起來。在上湖村中央沒有騎上回家的路，而是從湖濱道路向右轉，穿過森林爬上山丘，沿著一條田間小路顛簸地騎向上學的路，朝著變電箱的方向。我知道最高大的一棵樹矗立在那兒，是棵巨大的雲杉。我打算爬上這棵樹，從樹梢往下跳。我根本不可能想到別種死法。雖然我知道人要自盡也可以投水、自刎、上吊、窒息或觸電——關於觸電我哥曾經向我詳細解釋過，「但是你需要一條地線」，他說，「這是最重要的，沒有地線的話就啥事也不會發生，要不然停在電線上的小鳥全都會馬上死翹翹，從上面掉下來。可是牠們卻沒有掉下來。為什麼呢？因為牠們沒有地線。理論上你甚至可以吊在十萬伏特的高壓電線上而一點事都沒有，如果你沒有地線的話。」我哥是這麼說的。這一切對我來說都太複雜，電流和這些東西，再說我也不知道什麼是地線。不，我能考慮的方式只有從樹上墜落。摔下來我有經驗，墜落不會令我害怕，那是唯一適合我離開人世的方式。

我把腳踏車停放在變電箱旁邊，穿過矮樹叢走向那棵雲杉。那棵樹已經老到底下沒有枝椏了。我得先爬上旁邊一棵比較矮的冷杉，再從那裡用雙手攀著枝椏盪到那棵雲杉上。接下來事情就很容易了。我攀著又粗又好抓的枝椏朝著天空往上爬，幾乎就像爬梯子一樣輕鬆，直到上方忽然有光線穿透枝葉，樹幹越來越細，我能察覺它在輕輕搖晃，我才停下來。我距離樹冠還有一小段距離，可是當我第一次往下看，我不再能看見地面，底下一片綠褐色，由一束束針葉、樹枝和毬果編織而成，綿密得像地毯一樣鋪在我腳下。要從這裡跳下去是不可能的。那會有如從雲端往下跳，彷彿跳上一張離得很近、看似堅實的床，接著再摔進未知之中。我卻不想摔進未知之中，而想看見自己在何處墜落、落向何方、如何墜落。我的墜落應該要遵照伽利略自由落體定律的一次自由墜落。

於是我又往下爬回光線昏暗的區域，攀著一根根枝椏繞著樹幹移動並且向下窺探，看哪裡有個可供自由墜落的縫隙出現。在往下幾個枝椏的地方我找到了：一個理想的飛行軌道，像座豎井那麼深，垂直通往地面，地面上盤根錯節的樹根將會促成必死無疑的猛烈撞擊。我只需要稍微離開樹幹，在枝椏上稍微把自己往外推，再往下跳，就能完全不受阻礙地墜向深處。

我慢慢蹲下，坐在枝椏上，倚著樹幹喘口氣。在這一刻之前，我根本沒時間去思考我到底打算怎麼做，執行此事本身就占據了我的心思。而此刻，在決定性的瞬間之前，思緒又紛紛湧來，我把這整個邪惡的世界及其所有居民又統統詛咒痛罵了一頓，之後便轉移念頭，去想像自己的喪禮，那份想像要溫馨得多。噢，那將會是一場盛大的喪禮！教堂的鐘聲會敲響，管風琴會悠揚奏起，上湖村的墓園幾乎容納不下前來弔唁的人群。我躺在鋪滿鮮花的玻璃棺裡，由一匹小黑馬拖著，四周只聽得見嗚嗚啜泣。我的父母和兄姊在啜泣，我班上的同學在啜泣，哈特勞伯博士夫人和馮克小姐在啜泣，親戚和朋友從遠方前來啜泣，大家在啜泣時都捶胸頓足，悲嘆連連，喊道：「唉！這個可愛、獨一無二的人離開了我們，這都是我們的錯！唉，要是我們待他好一點就好了，要是我們沒有對他那麼壞、那麼不公平，現在他還會活著，這個善良的人，這個可愛的人，這個獨一無二而且和藹可親的人！」而卡洛莉娜．屈克曼站在我的墳墓旁邊，朝我扔下一束花，再向我投來最後一瞥，流著淚，用飽受傷心折磨的沙啞聲音說：「啊，親愛的你，獨一無二的你！要是我在那個星期一跟你一起走就好了！」

這些幻想何其美妙！我沉醉在幻想裡，把我的喪禮排演過一遍又一遍，情節一再更新，從入殮到喪宴，喪宴上會唸讚美我的悼辭，最後我自己都感動到即使沒有啜泣也濕了眼睛。那是我們鄉裡見過最動人的喪禮，幾十年後大家還會在哀傷的回憶中說起……只可惜我自己無法真正參與，因為那時候我已經死了。此事無疑十分遺憾。在自己的喪禮上我必須是死了。向這個世界報復，和繼續活在這個世上，兩者無法兼得。那麼就選擇報復！

我離開那棵杉樹的樹幹，一公分一公分地讓自己慢慢往外挪移，右手貼著樹幹，半撐半推，左手緊緊抓住我坐的枝椏。那一刻來了，

輓聯文字分別為：都是我們的錯，我們該怎麼辦，英才早逝，他是好孩子，我們親愛的、勇敢的同學，得天獨厚。

當我只能用指尖碰到樹幹……接著就連指尖也碰不到了……這時我只用雙手緊抓住枝椏坐著，旁邊沒有支撐，像隻自由自在的小鳥，下方是深淵。我小心翼翼地向下望，估計自己距離地面的高度是我們家房子山牆高度的三倍，而我們家房子山牆的高度是十公尺，所以現在的高度就是三十公尺。按照伽利略的自由落體定律，這表示我墜落的時間將是二點四七三〇九八六秒[2]，撞擊地面的終端速度將是每小時八十七點三四公里[3]。

我向下望了很久。那深淵很誘人，魅惑地吸引我，彷彿在招手說：「來吧，來吧！」又像是拉扯著一條隱形的線，「來吧，來吧！」那很容易，容易得很。只要往前靠一點，只要稍微失去平衡，其餘的就會自行發生……「來吧，來吧！」

好啊！我很願意！我只是還不能決定在什麼時候往下跳！選定某

一個瞬間，選定一個點，一個時間點！我沒法說：「就是現在！現在我要跳了！」

我決定數到三，就像在賽跑或跳水，在數到「三」的時候讓自己墜落。我吸了一口氣，數道：

「一……二……」——然後我再次中斷，因為我不知道該睜著眼睛跳還是閉著眼睛跳。考慮了一下之後，我決定閉著眼睛數，在數到「三」的時候閉著眼睛倒向空無，直到開始墜落時才睜開眼睛。我閉上眼睛，數著：「一……二……」

2 不計入空氣阻力！

3 這個計算到小數點後第七位的數字當然不是當時我坐在枝椏上算出來的，而是過了很久很久以後才靠著一個袖珍型計算機算出來的。那幾條自由落體定律在當時我也只是聽過，並不懂得這些定律的確切意義或數學公式。我當時的計算僅限於估計墜落的高度，並且根據各種實際經驗推測出墜落時間相對而言會比較長，而撞擊的速度相對而言會很高。

這時我聽見路上傳來一陣敲擊聲。一種有節奏的堅實敲擊，「躂——躂——躂——躂」，敲的速度是我數數速度的兩倍，我數「一」的時候有一聲「躂」，在「一」跟「二」之間有一聲，在數「二」的時候有一聲，在「二」跟即將數出來的「三」之間有一聲——就跟馮克小姐的節拍器一樣準確：「躂——躂——躂——躂」，簡直像在開玩笑地模仿我數數。我睜開眼睛，敲擊聲同時停止，繼之而起的是一陣窸窣聲、樹枝斷裂的聲音、一陣動物般的巨大喘息——夏先生忽然就站在我下方三十公尺處，就在我正下方，如果我現在往下跳，不僅自己會粉身碎骨，也會把他撞個稀爛。我緊緊抓住坐的枝椏，一動也不動。

夏先生站在原地喘氣。等他的呼吸稍微平靜下來，他忽然屏住氣，猛然把頭轉向四面八方，大概是想聽個仔細。然後他低下身子，往左向灌木叢下窺伺，往右望進小樹林裡，像個印第安人一樣躡手躡腳繞著這棵樹轉了一圈，又回到原來的位置，再次眼觀四面耳聽八方（就是沒往上看！），等他確定了無人跟蹤，放眼望去也不見人影，他以三個迅速動作扔下草帽、手杖和背包，在樹根間直挺挺地躺下，躺在森林地面上，宛如躺在一張床上。但他並非在這張床上休息，才一躺下，就發出一聲令人毛骨悚然的悠長嘆息——不，不是嘆息，嘆息會帶有解脫意味，比較像是一聲哀苦的呻吟，一種發自肺腑的深深哀嚎，摻雜著絕望和企求解脫的渴望。接著他又發出一次這種令人毛髮直豎的聲音，這種哀求的呻吟，彷彿一個飽受疼痛折磨的病人，仍舊得不到解脫、安寧和絲毫休息。轉眼他又站了起來，一把抓起背包，匆匆取出奶油麵包和一個扁平的白鐵軍用

水壺，狼吞虎嚥地吃了起來，把奶油麵包塞進肚裡，每咬一口又不放心地左顧右盼，彷彿森林中有敵人埋伏，彷彿有個可怕的跟蹤者在追他，他只略微超前對方一點，而且領先的距離越來越短，對方隨時可能在此地出現。奶油麵包很快就吃下肚裡，從水壺裡灌了一口，接下來是一陣倉皇，慌慌張張地動身：把水壺扔進背包，站起來時扛上背包，一把抄起手杖和帽子跑開，氣喘吁吁，穿過灌木叢，一陣窸窣，樹枝喀嚓斷裂，然後從路上傳來手杖敲在堅硬柏油路面那有如節拍器的聲音：「躂——躂——躂——躂……」，急速遠去。

我坐在樹杈上，緊緊貼著雲杉的樹幹，渾然不知自己是怎麼回到這個位置的。我在發抖，覺得好冷，忽然完全沒有興致往下跳了。我覺得那樣做很可笑，不再明白自己怎麼會動了這麼白癡的念頭：為了一條鼻涕自殺！而就在剛才，我卻看見一個一輩子都想逃脫死亡的人。

大概又過了五、六年，我才又一次、也是最後一次遇到夏先生。當然，在那段時間裡我常常看見他，他總是在路上走，幾乎不可能不看見他，也許在公路某處，在湖畔許多小徑上，在空曠原野或是在森林裡。但他不再特別引起我的注意，我認為他不再特別引起任何人注意，大家太常看見他，把他當成過於熟悉的風景而視而不見，你也不會每次都驚訝地大呼小叫：「看哪，那是教堂尖塔！看哪，那是學校山丘！看哪，公車在那兒行駛！……」頂多是當我和爸爸在星期天開車去看賽馬時從他身旁駛過，我們會開玩笑地說：「看哪，夏先生走在那裡——他會送掉性命的！」我們說的根本不再是他，而是對多年前下冰雹那一天的回憶，當時我爸用了那句陳腔濫調。

大家從某人那裡聽說他製作手工娃娃的太太去世了，但是不清楚是在何時何地，也沒有人去參加喪禮。他不再住在油漆師傅史坦格邁爾家的地下室（那裡現在住著麗塔和她丈夫），而住在相隔幾間屋子的漁夫里德家的閣樓。但是里德太太後來說他很少在家，就算在家，時間也很短，只回來吃點東西或喝杯茶，然後又走了。他經常連續幾天沒有回家，也沒回去睡覺；他去了哪裡，在哪兒過夜，到底有沒有在哪裡睡覺過夜，還是日日夜夜都在四處流浪——這一切大家都不知道，也沒人感興趣。如今大家有別的事要操心。他們擔心自己的汽車、洗衣機、草坪灑水設備，卻不會為了一個怪老頭在哪兒睡覺傷腦

筋。他們談著昨天在收音機裡或電視上的所聞所見，或是談起希爾特太太新開張的自助式商店——卻不會談起夏先生！雖然偶爾還看得見夏先生，但是他在旁人意識中已不復存在。如同俗話所說，時間在夏先生身上不留痕跡地走過。

在我身上卻不是這樣！我跟上了時間的腳步。我與時俱進（至少我自己這麼覺得），有時候甚至自覺超前了我的時代！我身高將近一百七十公分，體重四十九公斤，穿四十一號鞋，就快要上中學五年級了[4]。我讀完了格林兄弟的所有童話，還讀過莫泊桑的半數作品。我已經抽過半根菸，在戲院裡看過兩部講一位奧地利女皇的電影。要不了多久，我的學生證就能蓋上我夢寐以求的紅色戳章「年滿十六歲」，讓我有資格去看青少年不宜觀賞的電影，也可以在晚上十點以前出入公共餐飲場所而不必有「家長或監護人陪同」。我能解開三元方程式，組合能接收中波的晶體檢波器，能背誦《高盧戰記》的開頭和《奧德賽》的第一行，雖然我一句希臘文也沒學過。鋼琴上我彈的不再是迪亞貝利或是我討厭的海斯勒，而是藍調和布基烏基爵士樂，還有知名作曲家的作品，像是海頓、舒曼、貝多芬或蕭邦，我對馮克小姐偶爾爆發的怒氣淡然處之，甚至在暗中偷笑。

我幾乎不再爬樹，卻有了一輛自己的腳踏車，而且就是我哥之前那輛三段變速的低把跑車，騎著這輛車，我以十二分鐘五十五秒的時間打破了從下湖村到馮克小姐家十三分鐘半的車程紀錄，縮短了足足三十五秒——用我自己的手錶計時。謙虛地說，我已然成為傑出的自行車好手，不僅在速度和耐力上，技術上也一樣。鬆開手騎車、鬆開

4 譯按：相當於台灣國中三年級。

手轉彎、站在車上掉頭，或是藉由緊急煞車和離心力來掉頭，對我來說都不成問題。我甚至能在行車當中爬到車尾架站在上面，這項成就雖然沒有什麼意義，就技巧而言卻令人佩服，深深見證了如今我對角動量守恆定律的無邊信賴。從前我對騎腳踏車懷有的疑慮已經完全消失，不管是在理論上還是在實務上。我熱衷於騎腳踏車。騎車幾乎就像飛行。

在我人生這個時期自然也有些事令我掃興，尤其是一、我無法取得能接收超短波的收音機，因此被迫錯過週四晚上十點到十一點之間播出的偵探廣播劇，要到隔天早上才能在校車上湊合著聽我朋友康尼留斯・米歇爾轉述劇情；二、我們家沒有電視機。我爸下令：「我不准電視機進這個家門。」他是在義大利作曲家威爾第去世那一年出生的，「因為看電視會妨礙家人演奏音樂、損害眼睛、破壞家庭生活，而且根本就會使心智退化。」[5]可惜在這件事上我媽沒有反駁他，所以我必須要去我朋友康內留斯・米歐爾家，才至少能偶爾享受一下重要的文化活動，像是《世上只有媽媽好》、《靈犬萊西》或是《海瑞・哈勒第的冒險故事》[6]。

蠢的是這些節目幾乎全都在所謂的傍晚時段播出，直到八點整開始播報新聞才結束。可是八點整我應該已經要回到家裡洗好手坐下來吃晚餐了。由於你無法在同一個時間點出現在兩個不同的地方，尤其這兩地之間還有七分鐘半的車程（更別提還要洗手），我跑去看電視的放縱行為經常導致義務與愛好之間的典型衝突。也就是說，我要不是在節目結束前七分半鐘騎車回家，錯過劇情衝突是如何解開的；就是留下來看完節目，遲七分半鐘回家吃晚餐，冒著被母親責罵的風險，還要聽我爸得意洋洋、長篇大論地闡述看電視會破壞家庭生活。我根本就覺得這類衝突是那個生命階段的特徵。你總是必須要怎樣、應該要怎樣、最好別怎樣，其實早該怎樣……別人總是指望你、請求你、要求你去做些什麼：做這個！做那個！可別忘了還有那一件！這件事辦好了嗎？那裡去過了嗎？你為什麼現在才來？……——總是有壓力，總是進退兩難，總是時間緊迫，總有人拿著時鐘催你。那時候你很少能不受打擾……但我現在並不想訴苦，囉哩囉唆地說起我少年時代遇過的衝突。我最好還是趕緊搔搔後腦勺，也許用中指在先前提過的那個部位輕輕敲幾下，專注於我顯然巴不得逃避的事，也就是敘述我和

5 一年當中只有一天看電視既不會毀掉眼睛，也不會使心智退化，就是七月初德國賽馬會從漢堡市霍恩賽馬場實況轉播的那一天。碰到這個場合，我爸會戴上一頂灰色大禮帽，開車到上湖村米歇爾家去觀賞轉播。

6 譯按：這三部都是美國二十世紀五〇、六〇年代的知名電視影集，原名分別是*The Donna Reed Show*、*Lassie*、*The Adventures of Hiram Holiday*。

夏先生的最後一次相遇，也就是他的故事和這個故事的結尾。

那是在秋天，在康尼留斯．米歇爾家看過電視後的一個晚上。節目很無趣，你能預先猜出結局，因此我在八點差五分時就離開了米歇爾家，以便多少還能準時回家吃晚餐。

夜幕早已低垂，只有西方湖上的天空中還有一絲灰暗光線。我騎車沒開燈，一來是因為車燈老是故障——也許是燈泡，也許是燈座，也許是電線，二來是因為啟動發電器會大大妨礙車輪轉動，使我騎回下湖村所需的時間拉長一分多鐘。再說我也不需要照明，這段路我睡著也能騎。即使在最黑暗的夜裡，那條狹窄的柏油路面還是比路旁一側的花園籬笆和另一側的灌木叢更黑一點，因此只需要一直騎在最黑的地方，就能維持在可靠路線上。

我就這樣在剛降臨的夜裡疾馳，俯身在低低的車把上，轉到三檔，騎車時帶起的風在耳邊嗖嗖作響，天氣微涼而濕潤，偶爾能聞到一股煙味。

差不多就在半途——道路在此處稍微偏離了湖邊，以微微的彎路穿過從前一座採砂場，後面是越來越高的森林——車鏈掉出來了。可惜這是那個除此之外運作得無可挑剔的換檔裝置的老毛病，由於一個彈簧失去彈性，無法拉緊鏈條。我一整個下午都想解決這個問題，卻沒能修好。於是我停下來，下了車，俯身在後輪上，想把卡在齒輪和輪框之間的車鏈拉出來，一邊小心轉動踏板，再把車鏈裝回鏈輪上。程序我十分熟悉，即使在黑暗中也能順利進行，討厭之處只在於會把手指弄得髒兮兮。於是等我把車鏈裝回去，我走到道路面向湖邊的那一側，以便用一棵楓樹乾燥的大葉子把手擦乾淨。當我彎下樹枝，湖水就映入眼簾，像一面又大又亮的鏡子。夏先生就站在這面鏡子的邊緣。

起初我以為他沒穿鞋子，但隨即看出他站在水裡，靴子沒入水中，距離湖岸幾公尺，背對著我望向西方，望向湖水彼岸，那兒的群山後面還有最後一道黃白色的光線佇留。他站在那兒，像根柱子杵在那裡，成為明亮如鏡湖水前面的一個黑色剪影，彎彎曲曲的長手杖在他右手，草帽在他頭上。

然後他驀地動了起來。一步又一步，每走三步就把手杖向前戳再往後撐，夏先生走進湖裡。走著，彷彿行走於陸地上，以他向來那種目標堅定的匆忙走進湖中央，筆直地向西方走去。這一處的湖水平淺，深度只緩緩增加。他走了二十公尺之後，湖水才剛剛高過他臀部，等到湖水升至他胸部時，他距離湖岸已經超過投石能及的距離。而他繼續走，雖然那股倉促被湖水減緩，他卻不曾停下，沒有一瞬猶豫，頑強、近乎飢渴，想加快速度逆著那阻礙他的湖水前進，最後扔

掉了手杖，用雙臂划水。

我站在岸邊凝視他的背影，目瞪口呆，我想我的模樣多半就像正在聆聽一個萬分緊張的故事。我沒有被嚇到，而是對眼前所見感到驚訝，被深深吸引，卻未能立刻了解這件事駭人之處。起初我以為他只是站在那兒，在水裡找什麼，找他搞丟的東西；可是誰會穿著靴子站在水裡找東西？接著，當他邁步出發，我心想：現在他要洗個澡；可是誰會穿著一身衣服洗澡？在十月的夜裡？最後，當他走進越來越深的水裡，我起了個荒謬的念頭，以為他想徒步渡過那座湖——不是泳渡，我絲毫沒有想到游泳，夏先生和游泳湊不到一塊兒，不，是徒步渡過，踩在湖底急行至對岸，在水下一百公尺，走五公里直到對岸。

這時湖水已經淹到他的肩膀，現在淹到他的脖子……而他繼續奮力向前，繼續走進湖中……這時他又再次升高，大概是被湖底一處不平坦的地方給抬高了，又一次直到肩膀都露出水面……然後繼續走，沒有停下來，這時候也沒有，繼續走，又往下沉得更深了，水淹到了脖子，淹到咽喉，淹到下巴上方……——直到此刻我才開始猜到是怎麼回事，我卻一動也沒動，沒有大喊：「夏先生！停下來！回來吧！」也沒有拔腿跑去找人來幫忙，沒有用視線搜尋能來搭救的小船、木筏、氣墊，是的，我目不轉睛地看著那個小圓點般的腦袋在遠處沉沒，連眼睛都沒眨一下。

然後他忽然不見了，只有那頂草帽還浮在水上。過了一段漫長得可怕的時間，也許是半分鐘，也許是整整一分鐘，還有幾個大氣泡咕嚕咕嚕地冒出來，然後什麼都沒有了，只剩下這頂可笑的帽子緩緩朝西南方漂去。我久久目送著它，直到它消失在朦朧的遠方。

過了兩個星期，才有人注意到夏先生失蹤了。而且首先注意到的是漁夫里德的太太，她擔心拿不到按月繳納的閣樓租金。夏先生在兩個星期後始終仍未出現，她和史坦格邁爾太太商量，史坦格邁爾太太又去和希爾特太太商量，希爾特太太則去向她的顧客打聽。可是因為沒有人看見夏先生，也沒有人說得出他的下落，漁夫里德在又過了兩個星期之後決定去向警方通報失蹤。又過了幾個星期，報紙的地方新聞版上刊登了一則小小的尋人啟事，上面有張年代久遠的護照相片，誰也不可能從這張照片認出夏先生來，照片上的他還是個年輕人，一頭濃密的黑髮，目光炯炯，唇上帶著一抹信心滿滿、近乎輕佻的微笑。大家在照片下方第一次讀到夏先生的全名：馬克西米里安．恩斯特．艾吉狄烏斯．夏。

在那之後有一陣子，夏先生和他的神祕失蹤是村中的每日話題。「他已經完全瘋了，」有些人說，「他一定是迷了路，回不了家。很可能他記不得自己叫什麼名字或住在哪裡了。」「說不定他移民了，」另一些人說，「去了加拿大還是澳洲，因為他患有幽閉恐懼症，覺得我們歐洲太狹小了。」「他在山裡迷了路，掉進深谷摔死了。」又有另一些人說。

沒有人想到那座湖。在那份報紙發黃之前，夏先生已經被人遺忘。反正本來也沒有人想念他。里德太太把他的幾件東西收存到地下室一角，從此就把那個房間租給夏季遊客。但她不說「夏季遊客」，因為她覺得那聽起來很怪。她會說「城裡人」或是「觀光客」。

我卻保持沉默，一句話也沒說。那天晚上，當我太晚回家，被迫聆聽看電視之破壞作用的那番訓斥，我對我所知道的事就隻字未提。後來也沒說。沒跟我姊說，沒跟我哥說，沒跟警方說，就連康內留斯．米歇爾我也沒露一點口風……

我不知道是什麼讓我長久地守口如瓶……但我認為並非由於恐懼、罪咎，還是良心不安，而是由於記憶中森林裡那聲呻吟，雨中那雙顫抖的嘴唇，那句央求的話語：「讓我靜一靜，別再煩我！」——讓我在目睹夏先生沉入水中時默不作聲的，就是這一份回憶。

國家圖書館出版品預行編目資料

夏先生的故事 / 派屈克．徐四金 (Patrick Süskind) 著；姬健梅譯. -- 初版. -- 臺北市：商周出版：家庭傳媒城邦分公司發行, 2017.04
面；　公分. -- (Neo；11)
譯自：Die Geschichte von Herrn Sommer

ISBN 978-986-477-211-7(平裝)

875.57　　106003597

夏先生的故事

Die Geschichte von Herrn Sommer

作　　者 / 派屈克．徐四金（Patrick Süskind）
繪　　者 / 尚－賈克．桑貝（Jean-Jacques Sempé）
譯　　者 / 姬健梅
企劃選書 / 程鳳儀
責任編輯 / 余筱嵐

版　　權 / 林心紅
行銷業務 / 林秀津、王瑜
總 編 輯 / 程鳳儀
總 經 理 / 彭之琬
事業群總經理 / 黃淑貞
發 行 人 / 何飛鵬
法律顧問 / 元禾法律事務所 王子文律師
出　　版 / 商周出版
台北市104民生東路二段141號9樓
電話：(02) 25007008　傳眞：(02)25007759
E-mail：bwp.service@cite.com.tw
Blog：http://bwp25007008.pixnet.net/blog
發　　行 / 英屬蓋曼群島商家庭傳媒股份有限公司城邦分公司
台北市中山區民生東路二段141號2樓
書虫客服服務專線：(02)25007718；(02)25007719
服務時間：週一至週五上午 09:30-12:00；下午 13:30-17:00
24 小時傳眞專線：(02)25001990；(02)25001991
劃撥帳號：19863813；戶名：書虫股份有限公司
讀者服務信箱：service@readingclub.com.tw
城邦讀書花園：www.cite.com.tw
香港發行所 / 城邦(香港)出版集團有限公司
香港灣仔駱克道193號東超商業中心1樓
E-mail：hkcite@biznetvigator.com
電話：(852) 25086231 傳眞：(852) 25789337
馬新發行所 / 城邦(馬新)出版集團【Cite (M) Sdn. Bhd. 】
41, Jalan Radin Anum, Bandar Baru Sri Petaling,
57000 Kuala Lumpur, Malaysia.
Tel: (603) 90578822　Fax: (603) 90576622
Email: cite@cite.com.my

封面設計 / 陳文德
排　　版 / 極翔企業有限公司
印　　刷 / 韋懋實業有限公司
經 銷 商 / 聯合發行股份有限公司
電話：(02) 2917-8022　Fax: (02) 2911-0053
地址：新北市231新店區寶橋路235巷6弄6號2樓

■2017年4月6日初版
■2024年1月16日初版2.4刷
定價260元　　Printed in Taiwan

城邦讀書花園
www.cite.com.tw

 ISBN 978-986-477-211-7

商周出版

廣　告　回　函
北區郵政管理登記證
北臺字第000791號
郵資已付，免貼郵票

104　台北市民生東路二段141號2樓

英屬蓋曼群島商家庭傳媒股份有限公司城邦分公司　收

請沿虛線對摺，謝謝！

商周出版

書號：BCL711　　書名：夏先生的故事　　編碼：

請於此處用膠水黏貼

商周出版

讀者回函卡

感謝您購買我們出版的書籍！請費心填寫此回函卡，我們將不定期寄上城邦集團最新的出版訊息。

不定期好禮相贈！
立即加入：商周出版
Facebook 粉絲團

姓名：＿＿＿＿＿＿＿＿＿＿ 性別：□男 □女

生日：西元＿＿＿＿年＿＿＿＿月＿＿＿＿日

地址：＿＿＿＿＿＿＿＿＿＿

聯絡電話：＿＿＿＿＿＿ 傳真：＿＿＿＿＿＿

E-mail：

學歷：□ 1. 小學 □ 2. 國中 □ 3. 高中 □ 4. 大學 □ 5. 研究所以上

職業：□ 1. 學生 □ 2. 軍公教 □ 3. 服務 □ 4. 金融 □ 5. 製造 □ 6. 資訊
□ 7. 傳播 □ 8. 自由業 □ 9. 農漁牧 □ 10. 家管 □ 11. 退休
□ 12. 其他＿＿＿＿＿＿

您從何種方式得知本書消息？

□ 1. 書店 □ 2. 網路 □ 3. 報紙 □ 4. 雜誌 □ 5. 廣播 □ 6. 電視
□ 7. 親友推薦 □ 8. 其他＿＿＿＿＿＿

您通常以何種方式購書？

□ 1. 書店 □ 2. 網路 □ 3. 傳真訂購 □ 4. 郵局劃撥 □ 5. 其他＿＿＿

您喜歡閱讀那些類別的書籍？

□ 1. 財經商業 □ 2. 自然科學 □ 3. 歷史 □ 4. 法律 □ 5. 文學
□ 6. 休閒旅遊 □ 7. 小說 □ 8. 人物傳記 □ 9. 生活、勵志 □ 10. 其他

對我們的建議：＿＿＿＿＿＿＿＿＿＿

請於此處用膠水黏貼